Lottchens Geburtstag

Ludwig Thoma

Herausgeber: Culturea (34, Hérault)
Druck: BOD - In de Tarpen 42, Norderstedt (Deutschland)
Website: http://culturea.fr
Kontakt: infos@culturea.fr
ISBN:9791041949687
Veröffentlichungsdatum: FEBRUAR 2023
Layout und Design: https://reedsy.com/
Dieses Buch wurde mit der Schriftart Bauer Bodoni gesetzt.

ER WIRT MIR GEBEN

Lustspiel in einem Akt

Personen.

Geheimrat Dr. Otto Giselius, Universitätsprofessor.

Mathilde, seine Frau.

Lottchen, beider Tochter.

Cölestine Giselius, Schwester des Geheimrats.

Dr. Traugott Appel, Privatdozent.

Babette, Köchin bei Giselius.

Ort: Kleine Universitätsstadt. Zeit: Gegenwart.

Erste Szene

Großes Zimmer. Gemütliche Einrichtung im Biedermeierstil; weiße Vorhänge an den Fenstern. Rechts ein runder Tisch, ein Kanapee, mehrere Stühle; vor einem Fenster ein Lehnstuhl; ein Flügel rechts. Eine Türe in der Mitte, eine Türe links.

FRAU GISELIUS *stellt auf einen weißgedeckten kleinen Nebentisch ein Blumenbukett und ordnet einige Geschenke, die dort liegen.*

PROFESSOR GISELIUS *tritt durch die Mitte ein.* Nun frage ich zum dritten Mal, wo sind meine Zeitungen?

FRAU GISELIUS *sich halb umwendend.* Dort auf'm Flügel.

PROFESSOR GISELIUS. M-ja, richtig. *Nimmt sie weg.* Es ist merkwürdig, daß ich jeden Tag eine Forschungsreise nach meinen Morgenblättern machen muß. Warum liegen sie nicht in dem dazu angebrachten Behälter?

FRAU GISELIUS. Weil sie der Herr Geheimrat jed'smal herausnimmt und irgendwohin legt.

PROFESSOR GISELIUS. So? *Sich nach ihr umsehend.* Was machst du denn eigentlich da, Tildchen?

FRAU GISELIUS. Die Geschenk' richt' ich her.

PROFESSOR GISELIUS. Wem und was wird geschenkt?

FRAU GISELIUS *mit leichtem Vorwurf.* Unserm Lottche zum Geburtstag.

PROFESSOR GISELIUS. Sieh mal an! Unser Lottchen hat Geburtstag! Du denkst aber wirklich an alles. *Er tätschelt ihr die Wange.* Man sollte sich derartige Feste schriftlich notieren.

FRAU GISELIUS. Ja, und die Notize verlege.

PROFESSOR GISELIUS *setzt sich in den Lehnstuhl und öffnet eine Zeitung.* Lottchen hat Geburtstag? *Sich besinnend.* Sag mal, wäre es nicht angezeigt gewesen, wenn ich mich an den Geschenken beteiligt hätte ?

FRAU GISELIUS *gemütlich.* Eigentlich – ja.

PROFESSOR GISELIUS. Warum sagst du nichts? Du kannst doch den animus donandi bei mir voraussetzen!

FRAU GISELIUS. Nu red' doch net! Seit einer Woche erzähl ich dir, daß wir Lottche was schenke müss'n.

PROFESSOR GISELIUS. Seit einer Woche?

FRAU GISELIUS. Es kann noch länger sei.

PROFESSOR GISELIUS. Dann trifft allerdings mich der Vorwurf der mangelnden Sorgfalt.

FRAU GISELIUS. Ich hab' aber für dich eingekauft.

PROFESSOR GISELIUS. Man heißt das eine negotiorum gestio, eine Geschäftsführung ohne Auftrag, ja.

FRAU GISELIUS *auf den Tisch zeigend.* Das Tagebuch in Leder gebunde is von dir.

PROFESSOR GISELIUS *aufgeräumt.* Und dazu legst du ihr meine Abhandlung über die specificatio.

FRAU GISELIUS. Was tut sie mit der?

PROFESSOR GISELIUS *vorwurfsvoll.* Liebes Kind, hast du eine Ahnung, wie lebhaft die Streitfragen sind? Schon unter Gaius wurden sie aufgerollt ...

FRAU GISELIUS. Also schön, ich leg dei Abhandlung hin.

Zweite Szene

Von links kommt Babette herein; mit aufgekrempelten Ärmeln, hochrot im Gesichte.

BABETTE. Frau Geheimrat, wie is jetzt? Soll ich en Kaffeezopp mache?

FRAU GISELIUS *überlegend.* En Zopp?

BABETTE. Oder en Zimtkuche? Unser Fräulein Lottche ißt'n als zu gern.

FRAU GISELIUS. Was Ihne weniger Arbeit macht, Babettche. Aber wo is denn Lottche?

BABETTE. Sie is gleich nach'm Kaffee weg, un ich soll der Frau Geheimrat sage, bis elf is se lang wieder daheem, un ich glaub als, sie bringt uns e Präsent heem ...

FRAU GISELIUS. Das sieht dem gute Kind gleich.

BABETTE. Sie hat so freindlich gelacht, wie sie fort is; aber jetz muß ich in mei Küch. Hernach mach ich doch en Zimmtkuche ... *Ab.*

Dritte Szene

PROFESSOR GISELIUS. Tildchen!

FRAU GISELIUS. Ja?

PROFESSOR GISELIUS. Ich denke gerade darüber nach: wie alt wird denn unser Lottchen?

FRAU GISELIUS. Zwanzig. Deswege mache wir's doch festlicher wie sonst.

PROFESSOR GISELIUS. Dann weiß ich, was mir die ganzen Tage her im Kopf umgegangen ist. *Schlägt mit der Hand auf die Stuhllehne.* Ja, das war es!

FRAU GISELIUS. Du hast an unser Fest gedacht? Das is nett von dir.

PROFESSOR GISELIUS. Nicht so eigentlich an das Fest ... nein; an etwas anderes, was damit zusammenhängt.

FRAU GISELIUS. Is es wieder dei specicatio?

PROFESSOR GISELIUS. Spe-ci-fi-catio, liebes Kind. Die Verarbeitung einer res mobilis in neue Formen. Schon die Sabinianer waren der Ansicht ...

FRAU GISELIUS *unterbrechend.* Und was hat das mit Lottche zu schaffe?

PROFESSOR GISELIUS *zerstreut.* Wie?

FRAU GISELIUS. Du sagst, es hängt mit 'm Geburtstag zusamme.

PROFESSOR GISELIUS. Du hast meinen Gedankengang unterbrochen ... Lottchen wird heute zwanzig; du irrst dich darin nicht?

FRAU GISELIUS *gemütlich.* Nein.

PROFESSOR GISELIUS *aufstehend.* Dann ist es höchste Zeit. Ja, nun ist mir alles wieder klar, was Butterweck schrieb.

FRAU GISELIUS. Darf ich's net wisse?

PROFESSOR GISELIUS. Du mußt es sogar erfahren. *Auf und ab gehend.* Es war vor vier Wochen, ich las damals über Familienrecht, ganz richtig, so war es, und da kam mir nun dieser Aufsatz unseres vortrefflichen Butterweck vor Augen und erinnerte mich an eine Pflicht, die ich als pater familias zu erfüllen habe. An eine unabweisliche Pflicht.

FRAU GISELIUS *ist neugierig geworden.* Willst du net endlich sage – – ?

PROFESSOR GISELIUS. Die Sache liegt klar. Aus dem Pflichtenkreise der väterlichen Gewalt resultiert gerade diese Obliegenheit ganz unzweifelhaft.

FRAU GISELIUS *ungeduldig*. Was für e Obliegeheit?

PROFESSOR GISELIUS. Geheimrat Butterweck hat in zwingender Beweisführung dargetan, daß man seine Kinder über gewisse natürliche Dinge aufzuklären hat. Die Folgen der Unterlassung können schrecklich oder beschämend sein. *Bleibt stehen.* Und siehst du, Tildchen, diese Verantwortung kann ich nicht übernehmen. Ich werde deshalb unser Lottchen aufklären.

FRAU GISELIUS. Über was willst du sie aufkläre?

PROFESSOR GISELIUS. Nun, über das. *Da ihn Frau Giselius noch immer verständnislos ansieht.* Über das Zusammenleben, über das eventuelle Zusammenleben mit einem Manne.

FRAU GISELIUS *schlägt die Hände zusammen.* Haww ich scho so was gehört!

PROFESSOR GISELIUS *entschieden.* Der Zeitpunkt ist nicht zu früh gewählt. Und nun ist es an mir, ihre Unerfahrenheit zu beheben.

FRAU GISELIUS *wie vorher*. Hat eens schon so was gehört!

PROFESSOR GISELIUS. Du wunderst dich darüber bloß, weil wir heute zu engherzig erzogen sind. Butterweck weist darauf hin, daß manche Völker des Altertums den jungen Mädchen sogar Unterricht in der Liebe erteilen ließen.

FRAU GISELIUS. Mensch! Otto! Geheimrat!

PROFESSOR GISELIUS. Ich sage das nur zu deiner Beruhigung. Natürlich denkt heute niemand daran, seine Tochter auf zyprische Weise erziehen zu lassen.

FRAU GISELIUS. Vielleicht kommt Ihr mit eurem Butterweck auch noch so weit! Daß en Mann in deine Jahr sich so Zeug aufschwätze läßt.

PROFESSOR GISELIUS. Tildchen, das verstehst du nicht. Gegen den Aufsatz läßt sich nichts einwenden; er war ganz folgerichtig aufgebaut.

FRAU GISELIUS. Meinetwege, aber mußt dann du so was ernst nehme?

PROFESSOR GISELIUS. Welchen Wert haben erkannte Wahrheiten ...

FRAU GISELIUS. Ihr schreibt viel, wenn 's Jahr lang is.

PROFESSOR GISELIUS *ruhig verweisend.* Welchen Wert haben erkannte Wahrheiten, wenn wir sie im Leben nicht anwenden?

FRAU GISELIUS. Und wie du auf die Idee kommscht, daß unser Lottche noch extra aufgeklärt werde muß?

PROFESSOR GISELIUS *verständnislos.* Hm?

FRAU GISELIUS. Wer sagt dir dann, daß sie's nötig hat?

PROFESSOR GISELIUS. Hast du mit ihr darüber gesprochen?

FRAU GISELIUS. I wo!

PROFESSOR GISELIUS. Ich auch nicht. Also?

FRAU GISELIUS. Glaubst du wirklich, daß junge Mädche so was lerne müss'n, wie d' Grammatik?

PROFESSOR GISELIUS. Jedenfalls kenne ich keinen Weg, eine Tatsache mitzuteilen, als den der Schrift oder der Sprache.

FRAU GISELIUS. Giselius!

PROFESSOR GISELIUS. Ja, keinen andern Weg.

FRAU GISELIUS. Guckst du gar nie aus deiner Stub raus? Und weißt net mehr, was jung is?

PROFESSOR GISELIUS. Was soll das heißen?

FRAU GISELIUS. Daß man so was fühlt und ahnt ... und ...

PROFESSOR GISELIUS. Bleiben wir bei logischen Begriffen!

FRAU GISELIUS *eifrig*. Du lieber Gott! Woher's die junge Mädche wisse? Vielleicht singen's ihne die Maikäfer in die Ohre, oder es klingt in der Luft, aber ganz gewiß, an eme schöne Frühlingstag wisse mir alles.

PROFESSOR GISELIUS. Das kann ich mir ja lebhaft vorstellen.

FRAU GISELIUS. Nein! Du kannst dir's net vorstelle. Aber wann du emal Mädche siehst, die lache, und wisse net warum, und die rot werde, und wisse net wie, dann haben sie's grad erfahre.

PROFESSOR GISELIUS *ironisch*. Soo?

FRAU GISELIUS. Ja.

PROFESSOR GISELIUS. Das sind romanhafte Ideen, die ihr weiß Gott woher nehmt.

FRAU GISELIUS. Was mit der Lieb zu tun hat, muß e bißche romantisch sei.

PROFESSOR GISELIUS. Nein, Tildchen! Alles, was wir tun, soll zweckmäßig sein und ...

FRAU GISELIUS. Ich mag so was net höre ...

PROFESSOR GISELIUS. Bitte. Die Ehe ist ein Vertrag. Darf man es dulden, daß ein schwaches Wesen diesen wichtigen Vertrag eingeht, ohne klare Erkenntnis in die Pflichten, den Endzweck et cetera?

FRAU GISELIUS. Das et cetera kommt von selber.

PROFESSOR GISELIUS. Ich wollte nur, du hättest Butterweck gelesen!

FRAU GISELIUS. Bleib mir ewek mit dem!

PROFESSOR GISELIUS. Seine Logik ist zwingend. *Frau Giselius macht eine abwehrende Geste.* Ja! Sie ist es. Er schreibt zum Beispiel ... warte ... mir fällt es gleich ein ... *Nachdenkend.* Es ist grausam, jede Generation ihre Erfahrungen immer auf ein neues erringen zu lassen.

FRAU GISELIUS. Das is doch grad schö!

PROFESSOR GISELIUS. Was ist schön?

FRAU GISELIUS. Die Erfahrung erringe. Man muß aber schon e Gelehrter sei, wenn em das so schrecklich vorkommt.

PROFESSOR GISELIUS *verzweifelt*. Da fehlt eben alles Positive!

FRAU GISELIUS. Meinswege.

PROFESSOR GISELIUS. Jeder fest abgegrenzte Vorstellungsinhalt.

FRAU GISELIUS. Überhaupt, was brauchst du dich um so Sache zu kümmere? Das kannst du ruhig deim künftige Schwiegersohn überlasse.

PROFESSOR GISELIUS *ungeduldig*. M-m!

FRAU GISELIUS. Den geht's was an, aber dich net.

PROFESSOR GISELIUS *laut und lehrhaft*. Wenn nun aber dieser künftige Schwiegersohn ebenso unerfahren ist?

FRAU GISELIUS. Hernach tut er mir leid.

PROFESSOR GISELIUS. Bitte, beantworte mir in strikter Weise meine Frage. Wie dann, wenn er ebenso unerfahren ist?

FRAU GISELIUS *die Achseln zuckend.* In Gottes Name! Dann könnt'r immer noch komme, du un dei Butterweck.

PROFESSOR GISELIUS. Eine Fülle von peinlichen Momenten wäre die Folge. Für ihn und für sie.

FRAU GISELIUS *lacht herzlich.* Was müßt das für e Leilaps sei!

PROFESSOR GISELIUS. Mir ist es bitter ernst. Ich weiß persönlich, bis zu welchem Grade man als junger Mann unwissend sein kann.

FRAU GISELIUS *gemütlich.* Nu also!

PROFESSOR GISELIUS *verständnislos.* Wie?

FRAU GISELIUS. Und doch is unser Lottche da.

PROFESSOR GISELIUS *betroffen.* Allerdings. Sie ist da ... Aber warum sollen wir sie nicht im vorhinein auf eine Stufe der Erkenntnis setzen, die wir erst erklimmen mußten?

FRAU GISELIUS *heiter.* Otto, wenn du schon die Stuf' ...

PROFESSOR GISELIUS *energisch.* Keine Scherze jetzt! Überdies bist du im Irrtum. Ich will dir nur sagen, ich ermangelte damals nicht gänzlich der Erfahrung.

FRAU GISELIUS *lustig*. Na! Na! Na!

PROFESSOR GISELIUS *eindringlich*. Nein, Tildchen!

FRAU GISELIUS. Ich glaub' net an dei Jugendsünde.

PROFESSOR GISELIUS. Wer spricht von so was?

FRAU GISELIUS. Weil du sagst, daß du net ... nu ja, daß du net ...

PROFESSOR GISELIUS. Daß ich nicht gänzlich der Erfahrung ermangelte. Und ich mache dich mit dieser Tatsache nur deshalb bekannt, weil sie hier nützen kann.

FRAU GISELIUS *lustig*. Mir isch die Tatsach neu.

PROFESSOR GISELIUS. Ich muß offen und deutlich reden.

FRAU GISELIUS *hält sich scheinbar die Ohren zu*. Hör uff!

PROFESSOR GISELIUS *auf und abgehend*. Es war damals, am Tage vor unserer Hochzeit. Ich sagte mir, daß ich so rei ignarus, wie ich war, diesen wichtigen Schritt nicht unternehmen dürfe. *Frau Giselius sieht ihm lächelnd nach*. Und ich beschloß, mir Aufschlüsse zu verschaffen.

FRAU GISELIUS. Aber Otto!

PROFESSOR GISELIUS *sehr ernst.* Ja, und in meiner Not ging ich zu unserm vortrefflichen Zoologen Dr. Busäus. Ihm verdanke ich es, wenn ich einiges wußte.

FRAU GISELIUS *amüsiert.* Dem alte Busäus?

PROFESSOR GISELIUS. Ihm, ja. In einer unvergeßlichen Unterredung hat mich der würdige Gelehrte aufgeklärt.

FRAU GISELIUS *lachend in einen Stuhl fallend.* Der alt, griesgrämig Jungg'sell?

PROFESSOR GISELIUS *ernst fortfahrend.* Und die Erinnerung an jene Stunde ... *Zu Frau Giselius, die noch heftiger lacht.* Was hast du?

FRAU GISELIUS. Ei, wenn ich das gewußt hätt! Ich hab ihm net emol gedankt!

PROFESSOR GISELIUS *verweisend.* Mir gibt diese Erinnerung die ernste Mahnung, daß ich mich meiner Pflicht nicht entziehe.

FRAU GISELIUS. Im Gegenteil; jetzt brauchst du dich gar nimmer zu strapaziere ...

PROFESSOR GISELIUS. Hm?

FRAU GISELIUS. So lang's Zoologe hat!

PROFESSOR GISELIUS. Es ist heute nicht schwer, darüber zu lachen, aber damals habe ich es bitter empfunden, daß so viel von einem Zufalle abhing. Denke dir, wenn Busäus verreist gewesen wäre?

FRAU GISELIUS. Damals?

PROFESSOR GISELIUS. Ja, oder krank? Oder selbst nicht in der Lage?

FRAU GISELIUS *steht auf und geht nahe zu ihm.* Dann, du Tolpatsch, hätt' ich dir vielleicht was ins Ohr gesagt.

PROFESSOR GISELIUS *geht zum Lehnstuhl, nimmt die Zeitung und setzt sich.* Wir wollen über all das reden, wenn du einmal ernsthafter gestimmt bist; jedenfalls bin ich mir vollkommen darüber klar, daß und warum ich mit unserm Kinde über diese wichtigen Dinge reden muß. *Fängt zu lesen an.* Daß und warum, jawohl!

Vierte Szene

Die Türe in der Mitte wird halb geöffnet, und man hört die laute und fröhliche Stimme von Cölestine Giselius, die sogleich eintritt und unter der Türe nach rückwärts spricht.

CÖLESTINE *trägt einen Blumenstrauß.* Es ist nit notwendig, Babettche, ich dank vielmals; ich werd schon was finde, wo ich den Strauß nei steck. *Ganz eintretend, zu Frau Giselius.* Gute Morche, Tildche! Ei, wo is denn unser Geburtstagskind, daß ich mein Glückwunsch anbring?

FRAU GISELIUS *ihr entgegengehend.* In der Stadt, Stinche. Nei, was du wieder für Geld ausgegebe hast. *Nimmt ihr den Strauß ab.* Den stelle mir aber in die Mitt. *Sie nimmt eine Vase, die auf dem Flügel steht, steckt den Strauß hinein und stellt ihn auf den Tisch.*

CÖLESTINE *sieht den Professor, der hinter seiner Zeitung steckt. Mit einem Knicks.* Allerergebenst, Herr Geheimrat!

PROFESSOR GISELIUS *ohne auszusehen.* Guten Morgen!

CÖLESTINE *zu Frau Giselius.* Was macht se denn in der Stadt?

FRAU GISELIUS. Sie muß was besorge; wahrscheinlich will sie uns auch e Präsent mache.

CÖLESTINE. Zur Feier des Tags? Nei, wann ich denk, daß der klei Spatz heut zwanzig Jahr alt werd! Ich mein immer noch, ich muß sie im kurze Rock sehe.

FRAU GISELIUS. Es ist fast schad, Stinche.

CÖLESTINE. Und jetzt werd se euch bald aus'm Nescht fliege.

FRAU GISELIUS. Da is noch gar kei Aussicht!

CÖLESTINE. Du, glaub das net! Vor du guckst, is se weg.

FRAU GISELIUS. Wann's ebe sei muß ...

CÖLESTINE. Ich muß d'r doch was erzähle ... *Sieht nach Professor Giselius, der in seine Zeitung vertieft ist.* Ich wollt scho vorgescht're, aber du warscht net daheem. *Mit dem Kopf auf Giselius deutend.* Un mit dem do kann m'r doch über nix Gescheidt's redde.

FRAU GISELIUS *neugierig*. Von Lottche was?

CÖLESTINE. Hör als zu! Am Samstag wart 'r doch auf'm Kränzche bei Nonebergs. Isch d'r da nix aufgefalle?

FRAU GISELIUS *nachdenkend.* N-nei.

CÖLESTINE. Ei, mir hat doch die Musovius erzählt, daß en neugebackener Privatdozent beim Lottche die Kur geschnitte hat.

FRAU GISELIUS. Ach, die hört's Gras wachse.

CÖLESTINE *eifrig*. Gib nor acht! Ich bin also gescht're zum Kaffee wieder bei d'r Musovius, un auf emol kommt en B'such, en junger Mensch un macht ei eckich Kompliment nach dem annere, un wie mir'n endlich glücklich in ein Stuhl drin hawwe, pischpert mir die Musovius ins Ohr: Du, das isch er ...

FRAU GISELIUS *gespannt*. Der ...?

CÖLESTINE. Deim Lottche die Kur geschnitte hat.

FRAU GISELIUS. Wie sieht er dann aus?

CÖLESTINE. Wie se halt aussehe. *Mit dem Kopf nach Giselius deutend*. Und mit die Gedanke immer wo anders.

FRAU GISELIUS. Ich kann mir gar net denke ...

CÖLESTINE. Er werd wohl net sehr stürmisch gewese sei. Du weißt ja, wie die Gattung *Nach dem Professor hin nickend*. die Kur macht.

FRAU GISELIUS. Ich hab' wohl gesehe, wie so e junger Mann unserm Lottche e Limonad gebracht hat ...

CÖLESTINE. Das is viel.

FRAU GISELIUS. Aber getanzt hat'r net mit ihr.

CÖLESTINE. Er werd vielleicht net könne; aber hör' zu. Die Musovius bringt natierlich möglichscht bald 's Gespräch drauf, daß ich die Tant bin von Fräulein Giselius, und da werd er rot, wie e Institutmädche und fangt en ganz vernünftige Dischkurs an, wie's ihr geht, und ob sie gut heimgekomme isch vom Kränzche, und halt so weiter, fascht wie e normaler Mensch ...

FRAU GISELIUS. Guck emol!

CÖLESTINE. Und ich hab'n bißche aufgemuntert und hab' auch in's Gespräch ei'fließe lasse, wie m'r nächschtens den Geburtstag von unserem Lottche feiern. Da könne Sie sich e bißche angenehm erweise, sagt die Musovius, und er sagt, er muß so bald *Auf Giselius hinüber nickend.* unserer Kapazität do sein Antrittsbesuch mache.

FRAU GISELIUS. Is er auch Jurist?

CÖLESTINE. Nei. Er isch Zoolog.

FRAU GISELIUS. Zoolog? *Sie fängt herzlich zu lachen an.*

CÖLESTINE. Ei, was hoscht du dann?

FRAU GISELIUS *setzt sich auf einen Stuhl und lacht ausgelassen weiter.* Ich muß mich setze.

CÖLESTINE. Was amüsiert dich dann so?

FRAU GISELIUS. Ich erzähl dir's schon, Stinche; laß mich nur erst Luft kriege! Zoolog is'r! *Lacht auf ein neues.* Wann du hörst, was mir für e Debatt geführt hawwe, du lachst dich krank ...

CÖLESTINE *zu Giselius hin nickend.* Mit d'r Kapazität?

FRAU GISELIUS. Natierlich! Du glaubst net, was der für Mücke im Kopf hat!

CÖLESTINE. Ich kann mir's denke.

FRAU GISELIUS. Nei, auf des kommscht du deiner Lebtag net. Un ... *Wieder in Lachen ausbrechend.* un von der Zoologie is auch die Red ...

CÖLESTINE *neugierig.* Mach e bißche zu!

FRAU GISELIUS. Du, was die für e Roll spielt in meim Lebe! *Lacht.*

PROFESSOR GISELIUS *über seine Zeitung weg.* Was bedeutet dieser Heiterkeitsausbruch?

FRAU GISELIUS. Ich will grad erzähle, was für väterliche Pflichte du entdeckt hast.

PROFESSOR GISELIUS *aufstehend.* Das ist doch eine Frage, die nur zwischen dir und mir *Sich besinnend.* aber – ja! Gut, meine Schwester soll ihre Meinung sagen; sie könnte in gewisser Beziehung sogar authentisch darüber urteilen.

CÖLESTINE. Was wollt'r von mir?

FRAU GISELIUS *eifrig.* Also, unser Lottche ...

PROFESSOR GISELIUS. Nein, ich bestehe darauf, daß ich das ... Problem unserer Cölestine vortrage.

FRAU GISELIUS. Ich hab jetzt scho angefange ...

PROFESSOR GISELIUS. Und ich habe bestimmte Gründe, warum ich selbst zunächst einige Fragen stellen will. Wir wollen hier ad hominem demonstrieren.

FRAU GISELIUS *zu Cölestine.* Du kannst dich freue.

CÖLESTINE *neugierig.* So macht doch zu!

PROFESSOR GISELIUS. Gerade mit dir kann ich das ad hominem demonstrieren.

CÖLESTINE. Es wär' doch g'scheidter, wann Tildche ...

PROFESSOR GISELIUS *nötigt Cölestine in einen Stuhl, schlägt die Arme übereinander und spricht in lehrhaftem Tone.* Du wirst mir den Gefallen tun, nicht wahr, Cölestine, logisch zu folgern und präzis zu antworten?

CÖLESTINE *resigniert.* In Gottes Name!

PROFESSOR GISELIUS. Und insbesondere möchte ich dich ersuchen, nicht vom Hauptgedanken abzuirren, wie das nun einmal leider der weibliche Fehler ist ...

CÖLESTINE. Und ich möcht dich insbesondere gebete hawwe ...

FRAU GISELIUS. Halt dich am Stuhl fescht, Stinche!

PROFESSOR GISELIUS *sich unwillig räuspernd.* Du bist zwar schon ziemlich bei Jahren, Cölestine, aber noch im status quo ante, ich meine ...

CÖLESTINE. Daß ich sitze gebliewe bin ...

PROFESSOR GISELIUS. Daß du im eigentlichen Sinne Mädchen bist. Was wollte ich sagen? Ja. Nehmen wir an, es würde dich jemand zur Frau begehren.

CÖLESTINE. I, wo werd eener!

PROFESSOR GISELIUS. Als Hypothese angeführt, es würde ein Mann um dich werben ...

CÖLESTINE. Das gibt's nimmer.

PROFESSOR GISELIUS *ungeduldig.* Natürlich gibt es das nicht mehr. Aber konditionaliter, wenn es so wäre, – würdest du nicht doch froh sein, wenn dir eine geeignete Persönlichkeit Aufschlüsse erteilen würde?

CÖLESTINE. Von dir möcht' ich gewiß kei'.

PROFESSOR GISELIUS. Ich rede doch ganz im allgemeinen ...

CÖLESTINE. Ei, du bischt doch der letzt, den m'r um so was fragt!

PROFESSOR GISELIUS *sehr ungeduldig.* Kannst du einen Gedanken nicht vom Persönlichen losschälen? Wer spricht denn von mir?

FRAU GISELIUS. Du selber.

PROFESSOR GISELIUS. Ich?

FRAU GISELIUS. Du willst doch deiner ganze Verwandschaft Instruktione gewe. Denk dir nur, Stinche, er is wie drauf versesse.

CÖLESTINE. Ja, sag mir nur g'rad, wie du auf so Idee kommscht? Biet' er sich an, er will mir Aufschluß erteile!

PROFESSOR GISELIUS *verzweifelt*. Aber ...

CÖLESTINE. Ich dank d'r recht schö für'n gute Wille.

PROFESSOR GISELIUS. Aber ...

FRAU GISELIUS. Un die nämlich G'fälligkeit will er unserm Lottche erweise ...

CÖLESTINE *mit lustiger Entrüstung*. Hör emol, das geht über'n Spaß!

PROFESSOR GISELIUS. Ich bitte mir endlich Ruhe aus, und daß man hier nicht von einem Spaß spricht!

CÖLESTINE. Ernst kann doch so was net sei! Ich wenigstens verbitt mir dei Aufschlüss'.

PROFESSOR GISELIUS. Es ist Ernst, und wenn du mich ruhig angehört hättest, dann wäre ich vielleicht gerade durch dich in meinem Vorhaben bestärkt worden.

CÖLESTINE. Durch mich?

PROFESSOR GISELIUS. Aber natürlich, man begegnet bei euch stets einem Widerspruch oder schlechthin der Unmöglichkeit den eigenen Vorteil zu erkennen.

CÖLESTINE *zu Frau Giselius*. Was hat 'r denn heut?

PROFESSOR GISELIUS. Propter imbecillitatem sexus, wie die Römer zutreffend sagten. Wegen der angebotenen Schwäche des weiblichen Geschlechtes!

FRAU GISELIUS. Du, mir wolle heut vergnügt sei. Komm nur net ins Deklamiere!

PROFESSOR GISELIUS *deklamierend*. Ist es nicht unerhört, daß man in einem nützlichen Bestreben von den nächst beteiligten Personen gehindert werden soll? Aber ich sagte schon, daß es sich auf meiner Seite um eine Pflicht handelt, um eine Tätigkeit sohin ...

FRAU GISELIUS. Stinche, drei Wort! Weil unser Lottche heut zwanzig Jahr alt is, will er ihr ... nu ja, du hascht's ja gehört. Er glaubt felsefest, daß ... *Lispelt ihrer Schwägerin in die Ohren.*

CÖLESTINE. Ach, du lieber Gott! *Beide lachen ausgelassen.*

FRAU GISELIUS. Er laßt sich's net nehme.

CÖLESTINE *lacht wieder*. Otto!

PROFESSOR GISELIUS. Ich soll wieder was hören von Ahnungen? Aber ich erkläre hiemit ausdrücklich ...

FRAU GISELIUS. Tu, was du net lasse kannscht! 's Lottche wird dich hoffentlich brav auslache, aber das sag' ich dir, heut darfst du mir das Privatissimum net lese.

PROFESSOR GISELIUS. Ich sehe den Grund nicht ein. Gerade heute ...

FRAU GISELIUS. Nei, und heut is emol Feschttag ...

PROFESSOR GISELIUS. Aber ...

FRAU GISELIUS. Un morge heirat sie noch net ... *Sich plötzlich an etwas erinnernd, lustig*. ... Übrigens, was hat mir denn Stinche erzählt? Denk dir nur, du kannscht dir wahrscheinlich die Arbeit spare ...

PROFESSOR GISELIUS *verständnislos*. Hm?

FRAU GISELIUS. Mir hawwe Aussicht, daß mir en Zoologe als Schwiegersohn kriege.

PROFESSOR GISELIUS. Wieso?

FRAU GISELIUS. Gelt, Stinche?

CÖLESTINE. Wann mich net alles täuscht …

FRAU GISELIUS. Und wann unser Lottche will …

CÖLESTINE. Un du auch e bißche gescheit bischt …

PROFESSOR GISELIUS. Ich verstehe nicht. Ist denn der Kollege Siebenkäs Witwer geworden?

CÖLESTINE. Wer redt denn von dem alte Scheps?

FRAU GISELIUS. Nei, e junger, netter Mensch, der sich grad erscht habilitiert hat …

CÖLESTINE. Und bis über die Ohre in dei Tochter verliebt is …

PROFESSOR GISELIUS *nachdenklich.* Ein Zoologe?

FRAU GISELIUS. Freilich, un sehr tüchtig; was m'r hört. Dem Mann brauchst du doch net vorzugreife!

CÖLESTINE *zu Frau Giselius.* Ich versteh als net …

FRAU GISELIUS. Ich erzähl dir's dann.

PROFESSOR GISELIUS *nachdenklich.* Hm-ja ... in gewisser Beziehung wären hier Kautelen gegeben, wenngleich die Frage offen bleibt ...

FRAU GISELIUS. Denk doch an dein Lehrmeister, Busäus!

CÖLESTINE *neugierig.* Was isch denn?

FRAU GISELIUS *winkt ihr lustig ab.*

PROFESSOR GISELIUS. Wenngleich die Frage offen bleibt, ob man generaliter annehmen darf ... *Zu seiner Frau.* Wann soll die Vermählung stattfinden?

FRAU GISELIUS. Wart doch e bißche ...

CÖLESTINE. Ob's 'm Lottche recht is ...

FRAU GISELIUS. Und bis er sich unser Einwilligung geholt hat.

PROFESSOR GISELIUS *zerstreut.* N-ja. Und vor der Erteilung des väterlichen Konsenses könnte immerhin noch Klarheit über diese Dinge verlangt werden.

FRAU GISELIUS *begütigend.* Freilich kannscht du das ...

PROFESSOR GISELIUS. In der Form, daß das rechtsgültige Verlöbnis unter einer Suspensiv-Bedingung abzuschließen wäre ...

FRAU GISELIUS *gemütlich.* No freilich, so machscht du's. *Professor Giselius setzt sich in den Lehnstuhl. Frau Giselius zwinkert ihrer Schwägerin lustig zu, die zu ihr herantritt und halblaut spricht.*

CÖLESTINE *drängend.* Jetzt sag mir nur um Gotteswille, was Ihr mit der Zoologie habt? Ich brenn scho darauf.

FRAU GISELIUS. Hascht du den alte Busäus gekennt?

CÖLESTINE. Wo wer ich net?

FRAU GISELIUS. Dem Mann verdank ich mei Lebensglück, Stinche. *Cölestine sieht sie fragend an; Frau Giselius flüstert ihr hinter der vorgehaltenen Hand in die Ohren, wobei sie einige Male nach ihrem Mann hinsieht, der wieder in die Lektüre der Zeitung vertieft ist. Kleine Pause. Beide Frauen brechen in herzhaftes Lachen aus.*

CÖLESTINE. Dem verdankscht du freilich viel.

FRAU GISELIUS. Stell dir bloß vor ...

CÖLESTINE. Wann der Mann net gewese wäre! *Beide lachen wieder. Babette tritt ein durch die Mitteltüre.*

Fünfte Szene

BABETTE. Es isch wer do. *Hält eine Visitenkarte hin.*

FRAU GISELIUS. Ei, so gib her! *Nimmt die Visitenkarte und liest.* Doktor Traugott Appel?

CÖLESTINE. Du, das isch er!

FRAU GISELIUS *Sieht sie fragend an.*

CÖLESTINE. Die Zoologie!

FRAU GISELIUS *richtet an ihrem Häubchen.* So führ'n doch gleich rei, Babettche!

BABETTE. Was will er dann bloß? Er hat des größt Bukett in d'r Hand …

FRAU GISELIUS *hastig zu Babette.* Geh doch rasch! *Babette geht zur Mitteltüre.* Is denn 's Lottche noch net da?

BABETTE *an der Türe.* Ich haww nix von ihr g'sehe.

FRAU GISELIUS. Schau beim Fenschter naus und wink ihr, wann sie kommt.

BABETTE *verstehend.* Guck emol do!

FRAU GISELIUS. Sie soll sich tummle. *Babette langsam ab.*

Sechste Szene

FRAU GISELIUS. Otto! Rappel dich in die Höh! Mir hawwe Besuch.

PROFESSOR GISELIUS *zerstreut aufschauend.* Wozu?

FRAU GISELIUS *ungeduldig.* So mach doch! Un gelt, sei e bißche nett zu ihm!

CÖLESTINE. Es isch doch der Privatdozent, von dem mir erzählt hawwe.

FRAU GISELIUS. Wegen Lottche!

PROFESSOR GISELIUS. Jetzt schon?

FRAU GISELIUS *mütterlich.* Un mach kein Unsinn! *Sie richtet an seinem Hemdkragen.*

PROFESSOR GISELIUS. Ich bin aber nicht so vorbereitet ...

FRAU GISELIUS *immer noch mit ihm beschäftigt.* Dei Krawatt sitzt auch schepp ... so ... un muntre den junge Mensche auf.

CÖLESTINE. Pscht!

Siebente Szene

Unter der Mitteltüre erscheint Dr. Traugott Appel; Gelehrtentypus, blondes, ungescheiteltes Haar, das in der Höhe des Kragens glatt abgeschnitten ist; kurzer Vollbart, dicke Brille, die starke Kurzsichtigkeit vermuten läßt. Gehrock. In der rechten Hand hält er ein großes Bukett, in der linken den Zylinder.

DR. APPEL *verlegen.* Habe ich die Ehre, Herrn Geheimrat Dr. Giselius ...?

PROFESSOR GISELIUS *ernst.* Allerdings.

CÖLESTINE *rasch einfallend.* Das isch die Frau Geheimrat, und ich hab ja schon 's Vergnüche ...

DR. APPEL *sich nach allen dreien verbeugend.* Gewiß ja ... ist meinerseits ...

FRAU GISELIUS. Wolle Sie net ablege, Herr Doktor?

DR. APPEL *nimmt das Bukett in die linke, den Zylinder in die rechte Hand.* Wenn Sie erlauben ...

CÖLESTINE *nimmt ihm den Zylinder ab und stellt ihn auf den Flügel.* Gewwe Sie her!

FRAU GISELIUS *auf einen Stuhl deutend.* Nehme Sie Platz un mache Sie sich's gemütlich!

DR. APPEL *setzt sich auf den Rand des Stuhles. Das Bukett hält er krampfhaft fest.* Ich bin so frei ...

FRAU GISELIUS. Sie sin erscht kurz in unserm Städtche?

DR. APPEL. Ja, es werden ungefähr zwanzig Tage ...

FRAU GISELIUS. Un Sie hawwe sich habilitiert?

DR. APPEL. Gewiß.

PROFESSOR GISELIUS *feierlich.* Als Zoologe? Nicht wahr?

DR. APPEL *mit einer Verbeugung.* Ja.

PROFESSOR GISELIUS. Man hat mir davon bereits gesagt ...

FRAU GISELIUS *einfallend.* Mein Mann hat nämlich ein Faible für Ihre Wisseschaft.

DR. APPEL *mit schüchterner Verbeugung.* Es ehrt mich, daß Herr Geheimrat davon Notiz genommen haben.

PROFESSOR GISELIUS. Ja, das habe ich, und ich halte es für einen glücklichen Umstand.

DR. APPEL. Ich hoffe, daß es mir vergönnt sein möge, mich dieser Beachtung würdig zu erweisen.

PROFESSOR GISELIUS. M-ja.

FRAU GISELIUS. Und wie gefällt's Ihne dann hier, Herr Doktor?

DR. APPEL *begeistert.* Es ist wundervoll; man kommt mir von allen Seiten so liebenswürdig entgegen, und dann auch das erhebende Gefühl der Tätigkeit ...

FRAU GISELIUS. Hawwe Sie schon angefange mit'm Vorlese?

DR. APPEL. Ja, über die Käferfamilie der Bostrichiden Zentraleuropas mit besonderer Berücksichtigung der für den Waldbau in Betracht kommenden, der Splintkäfer, Bastkäfer ...

PROFESSOR GISELIUS *zerstreut und nachdenklich.* M-hm, ja – ja.

DR. APPEL. Den großen und kleinen Kiefernmarkkäfer, von dem man gerade hier ganz herrliche Brutkammern findet.

PROFESSOR GISELIUS *sieht ihn geistesabwesend an.* Es ist mir bisher nicht aufgefallen.

DR. APPEL. Wenn sich Herr Geheimrat so sehr dafür interessieren, ich kann Ihnen auch den Bostrichus typographus in schönen Exemplaren vorweisen.

FRAU GISELIUS. Ich wünsch' Ihne bloß, Herr Doktor, daß sich recht viel Studente bei Ihne melde. Sie sin ja so eifrig in Ihrem Fach!

DR. APPEL. Bis jetzt haben sich vier eingeschrieben.

FRAU GISELIUS. Da is d'r Anfang schon gemacht ...

DR. APPEL. Allerdings kommt immer nur einer ins Kolleg, aber der Pedell sagte mir, daß die Bowlenzeit im Frühjahr die ungünstigste sei.

FRAU GISELIUS *fröhlich.* Ach, die junge Leut!

DR. APPEL. Ich bedaure das sehr, weil gerade im Mai zum Beispiel die Beobachtung des Rüstersplintkäfers am dankbarsten ist, aber ich hoffe, daß es mir gelingen wird, meine Hörer gerade für diese Käferfamilie zu begeistern.

FRAU GISELIUS *mütterlich.* Gewiß wird Ihne das gelinge.

DR. APPEL. Ich habe auch die Zuversicht, und wenn ich sehe, daß ein soviel beschäftigter Mann wie Herr Geheimrat sich für unsere Wissenschaft interessiert, so werde ich erst recht darin bestärkt.

PROFESSOR GISELIUS *sehr zerstreut.* Hm ... hm ... ja, gewiß.

CÖLESTINE. Was hawwe Sie denn für e schön Bukett, Herr Doktor?

DR. APPEL *verlegen.* Ich dachte ... ich hörte ... daß Sie ein Familienfest feiern, und da wollte ich mir die Freiheit nehmen ...

FRAU GISELIUS. Das is aber wirklich aufmerksam von Ihne!

DR. APPEL. Ich hatte die Ehre, Ihrem Fräulein Tochter vorgestellt zu werden, und da man mir sagte, daß Ihr Fräulein Tochter heute Geburtstag hat ...

CÖLESTINE. Ich glaub, ich hab so e flüchtige Bemerkung gemacht.

DR. APPEL. Wenn ich mich recht erinnere, allerdings ...

CÖLESTINE. Das is nett, daß Sie das noch wisse ...

FRAU GISELIUS. Wo Sie sich schon mitte in Ihr Tätigkeit gestürzt hawwe!

DR. APPEL *verlegen lächelnd.* Ich habe es mir gemerkt.

FRAU GISELIUS *zum Professor*. Denk dir, Otto, der Herr Privatdozent is so liebenswürdig, unserem Lottche eigens zu gratuliere ...

PROFESSOR GISELIUS *nachdenklich*. Mm – ja.

FRAU GISELIUS *lebhaft*. Und grad jetzt muß Lottche net da sei!

DR. APPEL *bestürzt*. Ist Ihr Fräulein Tochter verreist?

FRAU GISELIUS. Nei, sie is nur in die Stadt.

CÖLESTINE. Un muß jede Augeblick zurückkomme.

FRAU GISELIUS. Könne Sie noch e bißche warte, Herr Doktor?

DR. APPEL. Ich möchte aber nicht stören, wenn Sie doch in engem Kreise ...

FRAU GISELIUS. Sie störe ganz und gar net; ich will nur emol nachschaue, wo sie bleibt. *Ab nach links*.

Achte Szene

CÖLESTINE. Gewwe Sie mir Ihr Bukett, Herr Doktor!

DR. APPEL. Ich kann es leicht halten.

PROFESSOR GISELIUS *ist aufgestanden.* Cölestine, möchtest du nicht so gut sein, den Herrn Privatdozenten und mich einige Zeit allein zu lassen?

CÖLESTINE *erstaunt.* Warum?

PROFESSOR GISELIUS. Geh nur! Bitte!

CÖLESTINE *an ihn herantretend.* Menschenkind, was machscht du dann wieder?

PROFESSOR GISELIUS *eigensinnig.* Es ist notwendig; und sage draußen, daß man uns nicht stört! *Cölestine geht achselzuckend und sich öfter umwendend links ab. Giselius schreitet nun auf und ab, indes Dr. Appel sitzen bleibt und noch immer das Blumenbukett vor sich hält. – Kleine Pause.*

Neunte Szene

PROFESSOR GISELIUS *stehen bleibend.* Nicht wahr, mein lieber junger Mann, Sie werden verstehen, daß meine Frage an Sie nur vom strengsten Pflichtgefühl diktiert ist?

DR. APPEL *sehr bescheiden.* Wie meinen Herr Geheimrat?

PROFESSOR GISELIUS. Ich meine, daß ich als diligens pater familias dazu verpflichtet bin, und daß mich keine profanen Motive beseelen. Nicht wahr?

DR. APPEL *eifrig, aber ohne ihn zu verstehen.* Gewiß!

PROFESSOR GISELIUS. Vielleicht könnten Sie mir entgegenhalten, daß es richtiger wäre, wenn ich das alles mit meiner Tochter besprechen würde.

DR. APPEL *schüchtern.* Ja, ich weiß nicht ...

PROFESSOR GISELIUS. Doch! Ich sehe diesen Einwand voraus, und ich betone, daß meine erste Absicht auch dahin zielte, aber aus verschiedenen Gründen spreche ich eben doch lieber mit Ihnen. Erstens ...

DR. APPEL *sich linkisch verbeugend.* Es ehrt mich sehr ...

PROFESSOR GISELIUS *ihn unterbrechend.* Erstens ist es naturgemäß ein heikles Thema, dessen Besprechung sich zwischen uns leichter ermöglicht. Das geben Sie zu?

DR. APPEL *hilflos.* Wenn Sie glauben ...

PROFESSOR GISELIUS *fortfahrend.* Zweitens rechne ich bei Ihnen auf Verständnis und guten Willen, mich anzuhören ...

DR. APPEL. Aber gewiß, Herr Geheimrat ...

PROFESSOR GISELIUS *fortfahrend.* Auf den guten Willen, bei der Sache zu bleiben, ohne persönliche Einwürfe zu machen.

DR. APPEL. Sie dürfen überzeugt sein ...

PROFESSOR GISELIUS *die Stimme etwas erhebend.* Drittens und letztens ist für mich der Umstand ausschlaggebend, daß Sie Zoologe sind, denn Sie haben damit schon die Präsumtion für sich, daß Sie von meiner Seite aus keiner Belehrung bedürfen ...

DR. APPEL *lebhafter.* O nein, Herr Geheimrat, ich bin Ihnen dankbar für jeden Hinweis. Bei dem großen Interesse, das Sie unserer Sache entgegenbringen.

PROFESSOR GISELIUS. Interesse ... nun ja.

DR. APPEL. Und den gewiß beachtenswerten Kenntnissen, die Sie sich errungen haben ...

PROFESSOR GISELIUS. Davon wollen wir eigentlich nicht sprechen, verehrter Kollege.

DR. APPEL. Aber nach dem, was mir Ihre Frau Gemahlin sagte ...

PROFESSOR GISELIUS *betroffen*. Was hat meine Frau gesagt?

DR. APPEL. Daß Sie von jeher für unsere Wissenschaft das wärmste Interesse hegten ...

PROFESSOR GISELIUS *etwas ungeduldig*. Ach wo!

DR. APPEL. Und sich viel damit beschäftigten?

PROFESSOR GISELIUS. Fällt mir doch gar nicht ein!

DR. APPEL. Ich glaubte aber ...

PROFESSOR GISELIUS. Wo in aller Welt hätte ich die Zeit dazu finden können! Nein! Nein! Derartige Scherze dürfen Sie nicht ernst nehmen. Aber wir wollen auf unser eigentliches Thema zurückkehren ... *Er rückt mit dem Stuhl näher an Dr. Appel heran. Sie sitzen einander gegenüber, so daß sich ihre Knie beinahe berühren.*

DR. APPEL *unsicher*. Auf unser Thema?

PROFESSOR GISELIUS. Sie werden also Ihren Einwand, daß ich mich richtiger an meine Tochter wenden würde, Sie werden also diesen Einwand fallen lassen?

DR. APPEL. Ich verstehe wirklich nicht ...

PROFESSOR GISELIUS. Wir werden uns sofort verstehen, mein lieber ... *Sucht nach dem Namen.*

DR. APPEL *sich verbeugend*. Doktor Traugott Appel.

PROFESSOR GISELIUS. Wir werden uns rasch verstehen. Und wenn ich Ihnen sage, daß ich vor reichlich zwanzig Jahren in der gleichen Lage einem erfahrenen Freunde gegenüber saß und von ihm Belehrung erbat, so werden Sie unsere jetzige Situation als eine naturgemäße und keineswegs beklemmende ansehen ...

DR. APPEL *spielt mit seinem Blumenbukett*. Gewiß!

PROFESSOR GISELIUS. Eben. Und so wollen Sie sich also nicht länger dagegen ablehnend verhalten?

DR. APPEL *wie oben*. Nein.

PROFESSOR GISELIUS. Dann gehen wir in medias res und beantworten Sie mir die Frage, ob Sie mit dem Wesen der Ehe vertraut sind?

DR. APPEL *ihn erstaunt ansehend.* Mit dem ...?

PROFESSOR GISELIUS *nimmt ihm sanft den Blumenstrauß weg und hält ihn nun selbst in der rechten Hand.* Ob Sie mit dem Wesen der Ehe vertraut sind?

DR. APPEL *verlegen und hilflos.* Ich ... ich weiß nicht.

PROFESSOR GISELIUS *väterlich verweisend.* Lieber, junger Freund, das ist auch keine präzise Antwort. Ich weiß doch, ob ich weiß!

DR. APPEL *sehr verlegen.* Vielleicht habe ich noch sehr wenig darüber nachgedacht.

PROFESSOR GISELIUS. Ja, glauben Sie, daß hierin irgend etwas aus einem Denkprozesse zu gewinnen ist?

DR. APPEL *schüchtern fragend.* Nicht?

PROFESSOR GISELIUS. Nein! Bester! Teuerster! Ich kann Ihnen aus eigener Erfahrung sagen, nicht das mindeste!

DR. APPEL *immer schüchterner.* Vielleicht könnte ich ...

PROFESSOR GISELIUS. Sie wissen also nichts? Rein gar nichts?

DR. APPEL. Ich glaube nicht ...

PROFESSOR GISELIUS *bekümmert*. Das erschwert natürlich meine Aufgabe sehr! *Er steht auf, legt das Bukett auf den Stuhl und geht auf und ab*. Das erschwert natürlich meine Aufgabe ganz wesentlich.

DR. APPEL. Es tut mir so leid ...

PROFESSOR GISELIUS *sich nach ihm umdrehend*. Was hilft mir das? Hm? Ich stehe nun einfach vor der überaus heiklen Pflicht, Ihnen nicht weniger wie alles sagen zu müssen!

DR. APPEL. Vielleicht könnte ich zu Hause einiges Sachdienliche lesen und dann mit Ihnen darüber sprechen?

PROFESSOR GISELIUS. Wie?

DR. APPEL *nimmt das Bukett vom Stuhl weg und hält es wieder vor sich hin*. Ich meine, ich könnte vielleicht eingehende Spezialwerke lesen.

PROFESSOR GISELIUS. Ach wo! Das ist nichts. *Er sieht Dr. Appel nachdenklich an*. Hm! Hm! Hm! Nun stelle ich die Frage an mich, ob es nicht doch besser wäre, wenn ich das Thema mit meiner Tochter durchspräche?

DR. APPEL *lebhafter.* Aber, wenn Sie es für notwendig halten, sprechen Sie, bitte, ruhig mit mir.

PROFESSOR GISELIUS *achselzuckend.* Tja!

DR. APPEL. Ich lasse mich gerne belehren ...

PROFESSOR GISELIUS. Das sagen Sie so! *Setzt sich wieder wie vorher; vorwurfsvoll.* Ich hätte geglaubt, daß Sie als Zoologe durch Ihr Studium an dieses Problem wenigstens herangeführt worden wären!

DR. APPEL. Meine Spezialität waren von jeher die Bostrichiden.

PROFESSOR GISELIUS *verständnislos.* Die ...?

DR. APPEL. Borkenkäfer.

PROFESSOR GISELIUS. Das gibt mir nicht viel Hoffnung. Müssen Sie gerade mit Insekten zu tun haben?

DR. APPEL *lebhafter.* Aber wenn sich Herr Geheimrat dafür interessieren, gerade das gesellige Leben der Bostrichiden ist mannichfaltig und lehrreich!..

PROFESSOR GISELIUS *zweifelnd.* Lehrreich?

DR. APPEL *eifrig*. Ja, wir haben geradezu alle Variationen des Zusammenlebens. Die wahllose Polygamie bei den Eccoptogastern und wiederum die Monogamie bei anderen Arten ...

PROFESSOR GISELIUS. So ... so?

DR. APPEL. Der wichtigste Käfer, der Buchdruck, Ips typographus, hingegen lebt in Bigamie.

PROFESSOR GISELIUS. M-hm.

DR. APPEL. Ich habe über diese Gattung Ips eine größere Abhandlung geschrieben und manche glückliche Entdeckung gemacht.

PROFESSOR GISELIUS. So?

DR. APPEL. Es kommt nämlich auch vor, daß der typographus mit drei Weibchen lebt, aber die Regel ist mit zweien.

PROFESSOR GISELIUS. Ja – und?

DR. APPEL *wieder hilflos*. Und?

PROFESSOR GISELIUS *ungeduldig*. Wo bleibt das Analogon? Der Vergleich?

DR. APPEL. Ein Vergleich der Gattung Ips mit ... mit?

PROFESSOR GISELIUS *ungeduldig*. Ach was! Ips! Was helfen uns Ihre Ips? Da sitzen wir jetzt und können von vorn anfangen. Ich habe mir das anders vorgestellt ...

DR. APPEL *immer schüchterner*. Vielleicht gelingt es mir, Ihrem Gedankengange zu folgen ...

PROFESSOR GISELIUS *kategorisch*. Nein!

DR. APPEL. Sie glauben nicht?

PROFESSOR GISELIUS. Wenn ich mich daran erinnere, wie Ihr großer Vorgänger Busäus unterrichtet war ... Sie kennen seinen Namen?

DR. APPEL. Ich kenne sein Werk über die Moschustiere.

PROFESSOR GISELIUS. Davon weiß ich nichts, aber offenbar hat er dabei mehr Analoges gefunden, wie Sie bei Ihren Ips. Und auf rein wissenschaftlicher Basis, denn er war Junggeselle.

DR. APPEL *steht auf*. Entschuldigen Sie, Herr Geheimrat, ich sehe selbst ein, daß mir momentan das rechte Verständnis fehlt.

PROFESSOR GISELIUS *drückt ihn auf den Stuhl zurück*. Bleiben Sie sitzen! Wir müssen wohl oder übel in den sauren Apfel beißen. Sie haben offenbar noch nie daran gedacht, welche Pflichten Sie in der Ehe erwarten?

DR. APPEL *resigniert.* Ich habe mich noch nie mit dieser Frage beschäftigt.

PROFESSOR GISELIUS. Gut.

DR. APPEL. Da ich keinen speziellen Anlaß dazu hatte.

PROFESSOR GISELIUS. Es ist aber höchste Zeit, mein lieber ...

DR. APPEL *sieht ihn hilflos an.*

PROFESSOR GISELIUS. Sie verlassen sich doch nicht etwa darauf, daß junge Mädchen an einem schönen Frühlingsabend und so weiter, ohne irgendeinen ersichtlichen Grund alles wissen?

DR. APPEL. Ich muß offen gestehen ...

PROFESSOR GISELIUS *energisch.* Es ist eine ganz unlogische Annahme, sage ich Ihnen. Es ist eine Redensart, die uns über eine Pflicht hinwegtäuschen soll.

DR. APPEL *resigniert.* Gewiß, Herr Geheimrat!

PROFESSOR GISELIUS. Schön, dann wollen wir also beginnen. *Appel sieht schüchtern auf sein Bukett nieder. Giselius schlägt die Arme übereinander und sieht ihn über die Brille forschend an.*

PROFESSOR GISELIUS. M-ja, wenn es nur nicht so schwierig wäre! *Vorwurfsvoll.* Sie hätten mir diese peinliche Aufgabe wirklich ersparen können!

DR. APPEL *steht auf.* Es ist wahr, ich habe Ihre Zeit zu lange in Anspruch genommen.

PROFESSOR GISELIUS *grämlich.* Bleiben Sie doch sitzen!

DR. APPEL *sich langsam zurückziehend.* Ich möchte wirklich nicht länger stören ...

PROFESSOR GISELIUS. Was soll das heißen, wenn Sie jetzt gehen? Damit wir morgen das nämliche Pensum zu bewältigen haben?

DR. APPEL. Vielleicht ist es nicht notwendig ...

PROFESSOR GISELIUS *eigensinnig und etwas lauter.* Aber gewiß ist es notwendig; darüber sind wir uns doch im klaren, und überhaupt folgt das schon aus Ihrem Zugeständnisse, daß Sie sich keine Vorstellung machen können von diesem wichtigen Vertrage, den Sie abschließen wollen ... *Er steigert seine Stimme, und bei den letzten Worten tritt seine Frau von links ein. Sie sieht erstaunt auf ihren Mann und auf Dr. Appel, der an der Mitteltüre steht und die Hand auf der Klinke hat.*

Zehnte Szene

FRAU GISELIUS. Was gibt's denn, Giselius? *Zu Dr. Appel.* Und Sie, Herr Doktor, wollen uns doch net verlasse?

DR. APPEL. Herr Geheimrat schienen mir den Wunsch auszusprechen ...

PROFESSOR GISELIUS *ärgerlich zu seiner Frau.* Siehst du, da haben wir's! Genau, wie ich sagte. Rerum ignarus. Der junge Mann hier hat nicht die geringste Ahnung davon, wieso und warum er heiraten will ...

FRAU GISELIUS *erstaunt.* Der Herr Doktor?

PROFESSOR GISELIUS. Deine Einwendungen haben sich als hinfällig erwiesen; jetzt wären wir ja soweit, daß wir uns auf deine berühmten Ahnungen verlassen müßten, das heißt, wenn ich leichtfertig genug wäre, meine Tochter in voller Unkenntnis ihrer Zukunft zu lassen.

FRAU GISELIUS. Ja, hat der Herr Doktor ...?

PROFESSOR GISELIUS. Jawohl, er hat erstens zugestanden, daß er selbst nichts weiß und zweitens dessenungeachtet meine Belehrung nicht angenommen.

DR. APPEL *in größter Verlegenheit.* Verehrter Herr Geheimrat!

FRAU GISELIUS. 'n Augenblick. Ich muß direkt frage, lieber, guter Herr Doktor, hawwe Sie denn um unser Lottche angehalte?

DR. APPEL. Ich habe mir diese Freiheit allerdings nicht genommen.

FRAU GISELIUS *schlägt die Hände zusammen.* Aber Otto! In was für Verlegenheite bringscht du dann unser Kind?

PROFESSOR GISELIUS *eigensinnig.* Das war doch die gegebene Voraussetzung – und übrigens hast du selbst die Tatsache behauptet.

FRAU GISELIUS. Ich?

PROFESSOR GISELIUS. Du und Cölestine.

FRAU GISELIUS. Kann m'r denn dich kein Augeblick allein lasse? Mußt du mit deine Schrulle partout Konfusione anrichte?

DR. APPEL. Ich habe mir diese Freiheit allerdings nicht genommen.

FRAU GISELIUS. Herr Doktor, jetzt müsse Sie mir hoch un heilig verspreche, daß Sie keim Mensche e Sterbenswörtche sage.

DR. APPEL. Ich habe mir diese Freiheit allerdings nicht genommen, indes muß ich bekennen, daß mir der Gedanke seit einigen Tagen nicht fremd ist ... Ich weiß nicht, ob Sie mir erlauben, darüber zu sprechen.

FRAU GISELIUS. Jetzt is scho das Bescht, frei von der Leber weg.

DR. APPEL. Seit ich Ihr verehrtes Fräulein Tochter gesehen habe, richteten sich meine Gedanken auf ein stilles Familienglück ...

FRAU GISELIUS. Und hawwe Sie das unserm Lottche gesagt?

DR. APPEL. Nein! Das hätte ich mir nun und nimmermehr erlaubt, und ich entschloß mich auch nur schwer zu dem Wagnis, heute meine Glückwünsche darzubringen.

FRAU GISELIUS *heiter, mit einem Blick nach ihrem Mann, der links im Hintergrunde steht und nachdenklich zur Decke aufsieht.* Und da sin Sie ihm in die Händ gefalle? *Resolut.* Wisse Sie was, Herr Privatdozent, so in der G'schwindigkeit laßt sich net Ja und Ame sage, aber wann alles in Ordnung is, und unser Lottche will, hernach *Ihm die Hand entgegenhaltend.* sin mei Geheimrat und ich auch keine Rabeneltern.

DR. APPEL *linkisch.* Ich darf also meine Hoffnung ...

PROFESSOR GISELIUS *ohne seine Stellung zu verändern.* Veto.

FRAU GISELIUS. So komm doch her, Giselius!

PROFESSOR GISELIUS. Ich lege mein Veto ein, wenigstens in solange nicht durch eine erschöpfende Aussprache volle Klarheit geschaffen ist ...

Elfte Szene

Durch die Mitteltüre kommt lebhaft und fröhlich Lottchen herein, hinter ihr Cölestine. Lottchen eilt auf ihre Mutter zu und umarmt sie stürmisch.

LOTTCHEN. Mutterche, ich hab's! Du wirst gucke!

FRAU GISELIUS. Schau doch um, Lottche! Mir hawwe Besuch.

LOTTCHEN *bemerkt jetzt erst Dr. Appel, der sich oft und linkisch verbeugt, sie geht auf ihn zu und gibt ihm die Hand.* Gute Morche, Herr Doktor! Das is schön, daß Sie sich bei uns sehe lasse.

DR. APPEL. Ja – – – jawohl!

LOTTCHEN *zu ihrer Mutter*. Ich hab' was für dich.

FRAU GISELIUS. Aber siehst du dann net, daß der Herr Doktor für dich Blume gebracht hat? Zu deim Geburtstag.

LOTTCHEN *Sich wieder an Dr. Appel wendend, der sein Bukett immer noch in der Hand hat*. Für mich?

DR. APPEL. Ja ... Jawohl ...

LOTTCHEN *nimmt ihm das Bukett ab.* Das is aber zu liebenswürdig, daß Sie an mich gedacht hawwe.

DR. APPEL. Das habe ich ... gewiß ...

LOTTCHEN. Die schöne Rosen ...

DR. APPEL. Und ich müßte ... ich wollte eigentlich mit meinen Glückwünschen eine Frage verbinden ... Ja, eine Frage, aber ich weiß nicht *Sich hilflos nach Giselius umsehend.* ob es mir gestattet ist ...

FRAU GISELIUS *resolut.* Lottche! Der Herr Doktor Appel hat bei uns um dei Hand angehalte.

CÖLESTINE *sehr fröhlich.* In der Zwischepaus?

LOTTCHEN. Es kommt so überraschend ... *Dr. Appel nett ansehend.* Ich hab mit dem Herrn Dokt'r bloß 'n paarmal gesproche ...

FRAU GISELIUS. Das isch nit von heut auf morge; du mußt dir das ruhig überlege.

PROFESSOR GISELIUS *der vorgetreten ist.* Und du wirst auch mit mir vorher eine ernste Unterredung haben.

CÖLESTINE *ärgerlich.* Heiliger Bimbam!

DR. APPEL. Ich wäre sehr glücklich, wenn Ihre Entscheidung einigermaßen günstig für mich ausfallen würde ...

LOTTCHEN. Mutterche, gelt, da gibt's kei Hin und Her? So was muß gleich oder gar net sei. *Dr. Appel lustig ansehend.* Un ich glaub als, ich sag Ja ...

FRAU GISELIUS. Kindche!

PROFESSOR GISELIUS *dazwischen tretend.* Ich bitte ...

CÖLESTINE *faßt ihn energisch am Ärmel.* Du, jetz mach nix drei!

LOTTCHEN. Ich möcht aber doch zuerst das sagen. Ich hab' ja wohl net gewußt, ob ich einmal *Stockt.* heirate werd, und ich hab' gedacht, mich nützlich zu mache, und ich wollt' in der Klinik vom Professor Musovius eintrete, und da hab' ich *Zu ihren Eltern.* und da hab' ich ohne euer Wissen den Hebammekurs durchgemacht.

FRAU GISELIUS. Was hascht du, Kindche?

LOTTCHEN. Den Hebammekurs hab' ich absolviert, daß ich auch emal allein auf die Füß stehe könnt ...

FRAU GISELIUS *umarmt Lottchen.* Ach, du lieb's Ding! Du gut's!

PROFESSOR GISELIUS *zu Appel.* Junger Mann, damit ist die Sache allerdings wesentlich anders

Vorhang.